PROLOGUE

D'OUVERTURE

POUR LES

MATINÉES LITTÉRAIRES ET MUSICALES

DE LA GAITÉ

Dit, pour la première fois, par M. POREL
le 6 décembre 1874

FRANÇOIS COPPÉE

PROLOGUE D'OUVERTURE

POUR LES

MATINÉES LITTÉRAIRES ET MUSICALES

DE LA GAITÉ

PARIS

ALPHONSE LEMERRE, ÉDITEUR

31, PASSAGE CHOISEUL, 31

M DCCC LXXIV

PROLOGUE D'OUVERTURE

Rassurez-vous. Ce n'est pas une conférence,
Messieurs, et vous voyez déjà la différence,
Puisque je parle en vers, langage harmonieux
Duquel les confiseurs ont hérité des dieux.
Si l'on attend un long discours, qu'on y renonce :
Je suis le régisseur et viens faire une annonce,
Voilà tout. Pour le reste, ami public, je crois
Que vous applaudirez tout seul les beaux endroits
Et qu'il n'est pas besoin de prévenir la foule
Pour qu'un franc rire éclate ou qu'une larme coule.
J'ajoute — mais ceci, je vous le dis tout bas —
Qu'on parle beaucoup trop en France, n'est-ce pas ?

Nous revoyons Babel et le trouble des langues
Et pouvons souhaiter un peu moins de harangues :
Ne parlons pas, causons, comme de vieux amis.
Au théâtre, après tout, quelques vers sont permis ;
Et je prétends, pendant que chaque camarade
Rajuste sa perruque et relit sa tirade,
Vous expliquer notre œuvre et la mettre en relief.
Puis, comme un avocat dirait, je serai bref.
Je goûte l'eau sucrée et relève ma manche.

Jouer la comédie, en plein jour, le dimanche?
Ne vous dites-vous pas, mesdames et messieurs,
Que ce simple projet est bien audacieux?
Pour ces heures de fête, au repos destinées,
Notre hiver a souvent de belles matinées.
Vieil ami de Paris et de ses habitants,
Il coquette avec eux et ressemble au printemps ;
Et, dès qu'un clair rayon lui fait une parure,
La foule, où se répand un parfum de fourrure,
La foule où tous les gens sont joyeux et bavards,
Inonde en un instant nos quais, nos boulevards.
Les deux mains au manchon, les yeux sous la voilette,
Elle achète un petit bouquet de violette.
S'assied dans les jardins et fait le tour du bois ;
Et même le soleil est si gai quelquefois
Et la limpidité du vieil azur est telle

Que l'œil, se méprenant, y cherche une hirondelle.

Eh bien, l'hiver fût-il très-clément et très-doux,
Nous prétendons pourtant vous attirer chez nous.
D'ailleurs, nous sommes loin du nouvel équinoxe;
Le mauvais temps n'est pas, en somme, un paradoxe,
Et quand sera le ciel humide ou refroidi,
Comme il faut, après tout, passer l'après-midi,
Nous comptons qu'on viendra nous demander asile.
Mais ce que nous tentons est bien plus difficile.
Notre effort serait vain et notre temps perdu
Si nous ne formions pas un public assidu,
Qui prenne une habitude enfin et se souvienne.
Nous croyons qu'on viendra, nous voulons qu'on revienne,
Et je vais adresser à présent mon discours
A ceux que je voudrais revoir tous les huit jours.

C'est vous, les écoliers, c'est vous, les jeunes filles,
Qui, retenus autour des lampes de familles,
Pendant les soirs d'hiver, regardez flamboyer
Les bûches de Noël brûlant dans le foyer,
Et qui, par vos parents gardés auprès de l'âtre,
Ignorez les plaisirs capiteux du théâtre;
C'est vous, jeunes esprits, avides de savoir,
Vous d'abord, vous surtout, que nous voulons avoir.
Car nous écarterons toujours de cette scène

Tout spectacle mauvais et toute œuvre malsaine,
Et nous ne montrerons jamais devant vos yeux
Que ce que l'art français a de plus précieux,
Et que ce grand foyer de pensée où s'enflamme
L'idéal de l'esprit et les vertus de l'âme !
Et de même qu'aux jours des soleils renaissants
Vous cueillez des bouquets de fleurs parmi les champs,
Où mai vient de verser sa jeunesse éternelle,
Et que vous en ornez la maison paternelle,
Ainsi nous voudrions que votre souvenir,
A ce repas du soir qui vous voit revenir,
Rapportât, fleurs de l'âme, en glanant amassées,
Des gerbes de beaux vers et de nobles pensées.

Pour notre œuvre, où l'étude est auprès du plaisir,
Dans le trésor de l'art nous n'avions qu'à choisir ;
Et nous t'avons élu le premier, ô Molière,
Dont l'inspiration profonde et familière
Au niveau du génie éleva la raison.
Nous, humbles serviteurs de ta vieille maison
Où, depuis deux cents ans, ô grand Français, ta muse
Jette des vérités à la foule et l'amuse
Et sur nos passions, en sublimes essors,
Fait planer le bon sens du peuple dont tu sors,
Nous voulons faire encore éclater, ô poëte,
Le retentissement de ton grand rire honnête !

Vous viendrez après lui, vous tenant par la main,
Racine, doux Français, Corneille, fier Romain;
Car l'admiration à jamais vous contemple
Comme trois dieux égaux réunis dans un temple.
Ils vous suivront, vos fils et parfois vos rivaux,
Qui se nomment Regnard, Beaumarchais, Marivaux.
Et, pour qu'aux yeux du peuple assemblé devant elle
Grandisse encor l'éclat de leur œuvre immortelle,
Sur laquelle le temps destructeur passe en vain,
Nous décidons qu'un art exquis, qu'un art divin,
Que la chère musique à leurs drames s'allie.
Mendelssohn gémira dans les chœurs d'Athalie,
Et quand, sur les carreaux de velours, Chérubin
Vers sa belle marraine, en robe de satin,
Lancera son soupir dans sa chanson câline,
Mozart habitera la douce mandoline;
Et lorsque, sous la toge et le bonnet carré,
Argan implorera le *Dignus intrare*,
Priant, ô Faculté, qu'enfin tu te distingues,
L'art triomphal géant que lui font les seringues
Entourera son front par les drogues pâli,
Au son des violons chevrotants de Lulli;
Et, plaisir de l'esprit joint au charme physique,
Nous vous enivrerons de vers et de musique!

Mais, comme les petits sont conduits par les grands,

Si nous avons les fils, nous aurons les parents.
Ceux-ci connaissent bien, du moins j'aime à le croire,
Les classiques beautés de l'ancien répertoire.
Nos rôles, ils pourraient les réciter tout bas.
Donnerons-nous du neuf à ce public? Non pas.
Nous avons beaucoup mieux. Nous voulons qu'il connaisse
Le théâtre applaudi du temps de sa jeunesse.
Donnons-lui donc du vieux, si vieux... qu'il soit tout neuf,
Et nous remonterons avant quatre-vingt-neuf.
Nous irons demander pour eux au bon Sedaine
Sa fine émotion et sa larme soudaine;
Et Collé, laissant là ses vers de chansonnier,
Va conduire Henri Quatre au toit du charbonnier.
Pour leur goût suranné réclamant l'indulgence,
Les amoureux naïfs de Wafflard et Fulgence,
En style troubadour, diront des madrigaux
Aux ingénuités en manches à gigots;
Le mauvais Philibert, dont Picard fit un type,
Va jouer au billard et rallumer sa pipe,
Et Scribe — mais l'ancien, le traditionnel —
Joindra la jeune veuve au jeune colonel.

Que dis-je? Pour charmer votre oreille attentive,
Notre musique aussi sera rétrospective,
Et le vieil opéra-comique d'autrefois
Va surgir, précédé d'un trille de hautbois.

Place, bouffons du jour ! Il faut qu'on se souvienne
Des airs de Dalayrac, de Grétry, de Devienne.
Nous fêtons le Seigneur du village voisin.
Les bergères, avec des roses dans le sein,
Laisseront les bergers, brûlants d'amour pour elles,
S'agenouiller, en leur offrant des tourterelles ;
Sa grande canne en main, le bailli du canton
Aux niaises d'alentour va prendre le menton ;
Nous allons, s'il vous plaît, présenter nos hommages
A notre tante Aurore en sa robe à ramages,
Et laisser défiler, sur des airs de rondos,
Beaucoup de Turcs avec des lunes dans le dos.

Et vous serez surpris, messieurs, très-étonnées,
Mesdames, que cet art, malgré bien des années,
Conserve encor sa grâce et son esprit premier,
Que la fleur soit toujours fraîche dans son herbier,
Et que le papillon séché, mesdemoiselles,
Garde la poudre d'or et d'azur de ses ailes.

Pourtant ne croyez pas que nous ayons pensé
A nous tenir toujours ainsi dans le passé.
Nous ne l'ignorons pas : le présent a ses gloires ;
Et nous pouvons d'avance annoncer deux victoires,
Deux drames consacrés par un ferme succès :
Le Ruy-Blas, du premier des lyriques français,

Dont l'œuvre radieuse, où l'idéal respire,
Donne à notre patrie un égal de Shakspeare,
Et dont, simple écuyer servant sous son pennon,
Tout poëte est heureux de saluer le nom;
Et, charme exquis auprès de la force infinie,
Le Champi, que signa la femme de génie
Qui chez nos paysans retrouve les échos
Notés par Théocrite aux rivages de Cos,
Et donne, en son idylle, adorable et fragile,
Au patois du Berry la grâce de Virgile.

Nous ferons encor plus; car nous voulons unir
Aux trésors du passé l'effort de l'avenir.
Place aux jeunes, dit-on. Pour ceux qu'ainsi l'on nomme,
Nous ouvrons un concours loyal, et le jeune homme
Dont sera couronné le drame ou l'opéra,
Est accueilli par nous et sûr qu'on le jouera.
Comment? Nous n'avons pas à faire notre éloge,
Mais regardez. Voici le souffleur dans sa loge,
Voici tous les décors et costumes voulus,
Des acteurs, des chanteurs, un théâtre et, de plus,
Là, derrière le chef d'orchestre à son pupitre,
Un public, le vrai juge et le suprême arbitre.
Notre aide, aux lauréats nous l'offrons de bon cœur,
Mais seuls, vous donnerez une palme au vainqueur.
Maintenant je devrais finir, mais il me semble,

En voyant réunis tant de Français ensemble
Venus pour acclamer les gloires du pays,
Que par l'émotion nos cœurs sont envahis,
Que nous chérissons plus, en ces heures amères,
Le doux langage appris des lèvres de nos mères,
Et que nous en trouvons les chefs-d'œuvre plus beaux,
Quand un crêpe funèbre entoure nos drapeaux.

Oui, divin langage de France,
Aux jours de deuil et de souffrance,
Nous devons te comprendre mieux.
Et nous t'aimons bien davantage.
Cher et précieux héritage
Que nous ont laissé nos aïeux.

O France, l'époque est passée,
Où par ton glaive et ta pensée
L'univers était présidé;
Et tu ne peux plus, ô merveille!
Voir, pour les vers du grand Corneille.
Couler les pleurs du grand Condé.

Mais des chefs-d'œuvre qu'elle enfante
Dans les jours de paix triomphante,
Nous voulons choisir les plus beaux
De cette langue inspiratrice

Dont nous berça notre nourrice
Et qu'on grave sur nos tombeaux.

Car ces magnifiques ouvrages,
Où l'admiration des âges
Revient toujours sans s'assouvir,
Ces fiers témoins de notre histoire,
Ne sont pas comme un territoire,
On ne peut pas nous les ravir!

O seule langue universelle,
Toi que bégayait la Pucelle
Sous les fers des Anglais bourreaux,
Parle à nos âmes toujours prêtes
Et, par la voix de tes poëtes,
Rends-nous le cœur de tes héros.

Cher langage avec qui l'on aime,
Apaise en ce péril suprême,
Nos discordes et nos excès,
Et, vainqueur des partis contraires,
Donne des sentiments de frères
A tous ceux qui parlent français!

Cher langage avec qui l'on prie,
Dieu, sévère pour la patrie,

Ne t'a pas naguère écouté ;
Mais il faudra qu'il te réponde,
A toi qui fis le tour du monde
En y semant la liberté !

Cher langage avec qui l'on pleure,
Si devait pourtant sonner l'heure
Où l'invasion reparût,
O langage de notre race,
Toi qu'a parlé le vieil Horace,
Rappelle-nous son : Qu'il mourût !

Ton passé nous défend de craindre ;
Mais si ton verbe doit s'éteindre
Dans une funèbre clameur,
Laisse-nous, dernière espérance,
Tomber en criant : Vive France !
Cher langage avec qui l'on meurt !

IMPRIMÉ PAR J. CLAYE

POUR

ALPHONSE LEMERRE, LIBRAIRE

A PARIS

Paris. — J. Claye, imprimeur, 7, rue Saint-Benoît. — [2105]

www.ingramcontent.com/pod-product-compliance
Lightning Source LLC
LaVergne TN
LVHW052037160826
845678LV00003B/1400

* 9 7 8 2 3 2 9 6 3 4 6 6 1 *